기획의 말

그리운 마음일 때 'I Miss You'라고 하는 것은 '내게서 당신이 빠져 있기(miss) 때문에 나는 충분한 존재가 될 수 없다'는 뜻이라는 게 소설가 쓰시마 유코의 아름다운 해석이다. 현재의 세계에는 틀림없이 결여가 있어서 우리는 언제나 무언가를 그리워한다. 한때 우리를 벅차게 했으나 이제는 읽을 수 없게 된 옛날의 시집을 되살리는 작업 또한 그 그리움의 일이다. 어떤 시집이 빠져 있는 한, 우리의 시는 충분해질 수 없다.

더 나아가 옛 시집을 복간하는 일은 한국 시문학사의 역동성이 드러나는 장을 여는 일이 될 수도 있다. 하나의 새로운 예술작품이 창조될 때 일어나는 일은 과거에 있었던 모든 예술작품에도 동시에 일어난다는 것이 시인 엘리엇의 오래된 말이다. 과거가 이룩해놓은 질서는 현재의 성취에 영향받아 다시 배치된다는 것이다. 우리는 현재의 빛에 의지해 어떤 과거를 선택할 것인가. 그렇게 시사(詩史)는 되돌아보며 전진한다.

이 일들을 문학동네는 이미 한 적이 있다. 1996년 11월 황동규, 마종기, 강은교의 청년기 시집들을 복간하며 '포에지 2000' 시리즈가 시작됐다. "생이 덧없고 힘겨울 때 이따금 가슴으로 암송했던 시들, 이미 절판되어 오래된 명성으로만 만날 수 있었던 시들, 동시대를 대표하는 시인들의 젊은 날의 아름다운 연가(戀歌)가 여기 되살아납니다." 당시로서는 드물고 귀했던 그 일을 우리는 이제 다시 시작해보려 한다.

기획의 말

그리운 마음일 때 'I Miss You'라고 하는 것은 '내게서 당신이 빠져 있기(miss) 때문에 나는 충분한 존재가 될 수 없다'는 뜻이라는 게 소설가 쓰시마 유코의 아름다운 해석이다. 현재의 세계에는 틀림없이 결여가 있어서 우리는 언제나 무언가를 그리워한다. 한때 우리를 벅차게 했으나 이제는 읽을 수 없게 된 옛날의 시집을 되살리는 작업 또한 그 그리움의 일이다. 어떤 시집이 빠져 있는 한, 우리의 시는 충분해질 수 없다.

더 나아가 옛 시집을 복간하는 일은 한국 시문학사의 역동성이 드러나는 장을 여는 일이 될 수도 있다. 하나의 새로운 예술작품이 창조될 때 일어나는 일은 과거에 있었던 모든 예술작품에도 동시에 일어난다는 것이 시인 엘리엇의 오래된 말이다. 과거가 이룩해놓은 질서는 현재의 성취에 영향받아 다시 배치된다는 것이다. 우리는 현재의 빛에 의지해 어떤 과거를 선택할 것인가. 그렇게 시사(詩史)는 되돌아보며 전진한다.

이 일들을 문학동네는 이미 한 적이 있다. 1996년 11월 황동규, 마종기, 강은교의 청년기 시집들을 복간하며 '포에지 2000' 시리즈가 시작됐다. "생이 빛났고 힘겨울 때 이따금 가슴으로 암송했던 시를, 이미 절판되어 오래된 명성으로만 만날 수 있었던 시를, 동시대를 대표하는 시인들의 젊은 날의 아름다운 연가(戀歌)가 여기 되살아납니다." 당시로서는 드물고 귀했던 그 일을 우리는 이제 다시 시작해보려 한다.

108번째 사내

문학동네포에지 019

이영주 시집

108번째
사내

시인의 말

내 몸에 남은 검은 얼룩

부실시공으로 군데군데 금이 간 아스팔트 바닥을 점령한 것은 서슬 퍼런 풀들이었다. 적막한 놀이터에는 이따금 뚱뚱하거나 한쪽 발이 잘린 새들이 앉았다 날아갔고, 바람 속에는 기름 냄새가 묻어오곤 했다. 철골이 심하게 부식되어 곧 무너질 것 같은 미끄럼틀. 내 엉덩이에는 늘 녹이 묻어 있었다. 내 눈으로는 볼 수 없는, 피해 갈 수 없는, 얼룩.

일곱 살 무렵의 어느 날, 무언가 커다란 물체가 내 눈 속을 뚫고 지나갔다. 육체를 뚫고 지나가는 사물의 힘 때문에 나는 한순간, 어린 나이에도 죽음을 생각했다. 뼈마디로 스며드는 아스팔트 바닥의 한기…… 피 냄새. 내 눈 속에서 회오리치는 구름에는 참혹한 구멍이 뚫려 있었다. 가벼워진 내 몸이 그 웅덩이 속으로 천천히 빨려들어갔다. 한 줌의 연기처럼 사라졌다. 그리고 나는 병원에 실려갔다.

그 이후 나는 눈 밑에 칼자국이 남았다. 브레이크가 고장난 동네 오빠의 자전거가 내 눈을 통과해 놀이터 밖으로 튕겨나간 것이었다. 나는 한동안 병에 시달렸다. 자전거가 지나갔던 그 순간의 몸을 잊지 못했다. 구름이 하늘에 파놓은 웅덩이처럼 나에게도 깊은 웅덩이가 생긴 것이다.

내가 열망하던 것은 육체를 뚫고 가는 사물의 힘에 다시 사로잡히는 것이었다. 아홉 살의 나는 늙은 나무에 묶여 있었다. 아마도 그 나이에 어울리지 않는 거짓말 때문이었던 것 같다. 어머니의 손에 붙들려 나는 동네의 작은 묘지로 끌려갔다. 천형처럼, 나무에 묶여 짙은 어둠이 온 동네를 어디론가 밀어내는 것을 보고 있었다. 나무는 한순간 제 손을 뻗어 내 목을 옥죄었다. 얼굴과 심장을 압박해들어오는 엄청난 힘, 자전거가 내 눈을 뚫고 지나갔던 그 힘, 나는 숨이 막혔다. 천천히 껍질을 열고 나무는 나의 뒤통수, 등, 엉덩이를 순식간에 먹어치우기 시작했다. 정체를 알 수 없는 커다란 혓바닥이 나를 축축하고 뜨겁게 핥았다. 어스름하던 아파트의 불빛들이 하나둘씩 꺼졌다. 나무에 파묻힌 채 얼굴만 겨우 밖으로 드러내고 나는 단말마의 비명을 질렀다. 나무에 매달린 수많은 눈알이 나에게 달려들었다.

나무는 나에게 희생을 요구하는 이미지이다. 몸을 바쳐야 하는 이미지이다. 바침으로 해서 나무의 신성을 회복해야 하는 이미지이다. 몸을 벗고 사물 속으로 들어가는 것. 그 두렵고 매혹적인 힘을 나는 어떤 순간 느낀다. 세계를 품고 흔드는, 강고한 힘을.

모든 사물은 제 속에 들어 있는 신성을 회복하려는 본성을 가지고 있다. 그것을 나는 바라본다. 내 바라보기는 한동안 공원에서 이루어졌다. 어스름에 찾아가 한밤을 흘려보내고 공원을 나오면 나는 허둥거리기 일쑤였다. 공원 밖의 거리가 잘못 들어선 길처럼 불안했다. 공원의 벤치에는 신성을 품은 노인들이 앉아 있다. 한 생을 이미 통과해온, 남루한 끝을 보아버린. 고개를 주억거리며 살풋 잠이 들거나, 타다 남은 달빛을 품은 은회색 머리칼들이 바람에 우르르 어디론가 휩쓸려가곤 한다. 그들은 낙타처럼 제 몸의 물을 빨아먹고 산다. 완전하게 말라버린 그들은 어둠 속에 제 얼굴을, 눈알을 뚝뚝 떨어뜨린다. 스펀지처럼 무수한 구멍을 만든다. 육체를 무화시켜가는 그들은 나에게 견딜 수 없는 질투를 불러일으켰다. 나는 한동안 질투심에 사로잡혀 검은 얼룩처럼 벤치에 앉아 부르르 떨곤 했다. 그들은 나에게 나무이며, 자전거였다.

결국 나는 질투심 때문에 시를 쓰게 된 건지도 모르겠다. 시멘트에서 자라난 독 어린 풀들과 내 육체를 관통하고 지나가는 사물들, 바라보는 행위에서 오는 슬픔. 도시에서 '바라보는' 일의 숨막힘. 고아와 같은 내 분신들은 불완전한 자신의 몸을 떠나고 싶어한다. 고통스럽기 때문에 아름다운, 이 지상의 정원에서.

2005년 5월
이영주

개정판 시인의 말

시는 무관한 창문으로 온다고 리처즈는 말했다.
그 창문 밑에서 나는 고였다가 흘러가고

2021년 2월
이영주

차례

3부

1부

지붕 위로 흘러가는 방

한밤중에 지붕은 머리에 둥근 달을 이고 허공으로 걸어간다. 어릴 적 나를 업고 프라이팬에 노란 달을 부치던 어머니

비린 달을 게워내며 옥탑방이 지붕 위로 흘러간다.

봄빛은 거미처럼

창틀에서 거미가 그물을 짠다
공중에
촘촘한 사각형의 구멍을 만든
거미의 집
날벌레 한 마리가 날아와 갇힌다

집은 무덤이다
하루종일 창가에 앉아
입을 벌린 채
얇은 빛의 떨림을 빨아들이는 할머니
쪼그라든 살갗에 햇살의 그물이 얹힌다

나는 하관을 치르는 인부처럼
툭툭, 할머니의 어깨를 두드려본다
날벌레의 마지막 웅웅거림
푸른 그물이 할머니의 목을 깊숙이 파고든다
아무도 눈치채지 못한 영혼의 껍질을
서서히 옭아매고

봄빛은 거미처럼 무덤을 판다

유적지

자다 깨어 방안을 둘러본다

흰 뼈만 남은 짐승처럼
텔레비전이 켜 있다
혼자 중얼거린다

고고학자는 알고 있을까
내 방에 숨겨진 이 거대한 뼈를
밤마다
그 안에서 쏟아지는 굵은 모래를

모래에 파묻혀 나는 뒤척인다
서늘한 늑골에 점점이 박히는
흰 뼈의 알갱이들

발굴되지 못한
아주 오래된 뼈의 목소리

아무도 텔레비전을 끄지 못한다

그녀가 사랑한 배관공

욕실 창틀에 검은 박쥐가 붙어 있다
오래된 배수관처럼 끓어오르는 심장에 손을 대고
그녀가 훌쩍인다 몸속에서
수만 마리 박쥐떼가 날아오른다
그녀는 배수관을 툭툭 친다
구루룩구루룩 심장을 두드리는 저 새까만 날개들

이제 배수관 따위에 말하는 것도 지겨워
그녀는 차가운 얼굴을 타월에 비빈다
이 시기가 지나면 박쥐들은 떠나갈 거야
날개를 접듯 처진 가슴을 웅크리고 그녀는
천천히 몸을 기울인다 마모된 배수관이
아무렇게나 심장 속에서 구른다
이런 집, 태양이 없는 곳에서도 달이 뜨는지

늙은 배관공은 지하방 너머
왼쪽 골목 첫번째 건물에 앉아 있다
밤마다 둥근 달이 떠오르면 그는
덧문을 닫아걸고 사라진다
평생 잘린 날개들을 치워왔다

타일 바닥에 주저앉아 그녀는
오래전에 쓴 편지를 떠올린다
첫 문장을 천 번 고치면서

그녀는 천 번을 퍼덕거렸다 드디어
완성된 천 개의 문장이 골목을 건너간다

밤은 아프고 잔인한 체위
낡은 배수관에서 물이 넘쳐요
새까만 얼굴을 하수구에 파묻고
그녀가 구루룩거린다

이 지하에 숨어 있는 동굴
좁은 욕실에 쪼그리고 앉은 검은 박쥐가 조용히 운다
한 생애를 흘려보낸다

뚱뚱한 코끼리가

코끼리들이 횡단보도를 건너고 있었다 건물 유리창에서 빛의 조각이 떨어졌다 조련사들은 길을 잃고 그림자만 남았다 꼬리를 붙들고 한 생을 건너는 코끼리들은 알지 못한다 세상은 둥근 회색 구멍일 뿐 모든 길은 엄마 코끼리의 항문으로 뚫려 있다 아프리카 밀림의 뿌리들은 항문에서 뻗어나와 긴 코를 휘감으며 자라났다 어느 날 조련사가 검은 채찍으로 등짝을 내려쳤을 때 어린 코끼리는 자신의 코에서 쏟아져나온 무성한 뿌리를 보았다 숲에서 밀려날 때마다 하늘의 맨발 같은 뿌리들이 창백하게 말라갔다 세상은 둥근 회색 구멍일 뿐 어린 코끼리는 구멍의 흐릿한 빛을 따라 걸었다 조련사의 그림자를 밟으며 엄마 코끼리가 울타리를 넘어 쏟아지는 거리의 굉음 속으로 들어갔다 네모난 항문들이 건물마다 붙어 있었다 도시의 항문은 얼마나 투명하고 매혹적인지, 코끼리들은 먼 내륙으로 향하는 구멍 속으로 머리를 들이밀었다 구멍 너머 이상한 종족들이 딱딱한 도면 위를 질주했다 사이렌이 울리고 어지러운 세포분열이 시작됐다 무거운 코를 어깨에 메고 뾰족한 항문에서 수많은 조련사가 튀어나왔다 새로운 밀림이 있었던 거야 어린 코끼리는 꼬리를 놓았다 울창한 밀림이 보도블록을 삼키기 시작했다 늙은 조련사가 어린 코끼리의 항문 속으로 머리를 들이밀었다 막 서른이 된 뚱뚱한 코끼리가 텔레비전 앞에서 걸음을 멈추었다 텔레비전의 화면이 뻥 뚫려 있었다

만선

자다 말고 방문 여니 이불 좀 봐 바람의 물결 타고 골목으로 흘러가네 엎드려 잠든 어머니 등뼈가 덜그럭거려 쓴 거품 게우며 파닥거리는 어머니 이 방은 왜 이리 흔들리는지

손잡이 스르륵 사라지네 묽은 침이 공중에 한가득 고여 있어 빗속으로 어머니 얼굴 빨려드네 지느러미처럼 종아리 미끌거리네 내 갈비뼈를 문지르네 남은 뼈들 튀어올라, 덜그럭덜그럭 천장에서 부서지네 얼굴 없는 어머니 희고 끈적한 살들 심연으로 흘러가네 킥킥 희미한 웃음소리 울리네

벽에 기대 졸던 나는 토막난 은빛 살들이 어지럽게 흩어진 낯선 배 한 척 붙들고 있어 바람 불 때마다 이 낡은 방은 왜 이리 흔들리는지 갑판 위에 죽은 물고기들 빗속에서 줄줄 흘러나오는 빈 얼굴들 얘야 제발 배에서 내려와 너 때문에 일생을, 바람 불 때마다 이 방은 만선이지 어머니 오늘밤도 이불 둘둘 말고 침을 흘리는데

홈쇼핑에서 염소를 주문하다

장롱 안에는 수염이 가득한 검은 염소가 살아요
나는 밤마다
장롱으로 들어가 새까만 수염을 먹곤 했지요
추운 거리를 지나오느라 얼어붙은
콜롬비아산 염소 가죽이 옷걸이에 걸려 있어요
촉촉한 콧구멍을 벌름거리다 깊은 잠에 빠진 염소는
걸을 때마다 머리가 부서지는 이상한 나라에서 전화를 걸지요
염소는 가죽을 벗어두고 떠났나봐요
전화기 속에서 마른 뼈가 덜그럭거려요
춥지? 네가 들어간 장롱 안에는 네 살이 없어
내가 살고 있는 이상한 나라에는 가죽이 없어
염소는 소심하게 속삭이고 있어요
내 입속으로 들어온 수염을 나는 꼭꼭 삼켜요
아무도 서로 사랑하지 않는 밤인가봐요
시가전도 열리지 않는
너무 조용한 거리는 미칠 것 같아요
전화기 너머 염소는 덜덜 떨면서 머리에 구멍을 뚫고 있네요
염소의 머리통으로 차가운 내 뼈가 들락날락
수염이 가득한 그의 고향은 콜롬비아
나는 염소 가죽을 입고 내 안의 애인을 찌르고 싶어요
수만 개의 구멍 속에 걸쳐 있는 뼈를 모두 뽑아
콜롬비아에 묻을까봐요

검은 염소는 장롱 안에서 쿨쿨 잠만 자구요
나는 홀로 뜨거워진 엉덩이를 염소의 아랫도리에 대고 있어요

내 방에 사는 말

바람은 푸른 얼굴로 창문을 쑥 밀고 들어와 누웠지
창밖 붉은 하늘을 더듬다 휘어진,
저녁이면 날고 싶은 나뭇가지 휩쓸려와
책상에 떨어졌지 보고 싶었니,
네가 곁눈질로 훔쳐본 텅 빈 이 방?
주인 없는 말들이 어슬렁거리다
벽에 이빨을 박는 딱딱한 방,
퇴화된 뒷다리, 마르고 뻣뻣한 갈기가
밀랍인형처럼 굳어가는 방,
이따금 잡상인이 누른 초인종에
후다닥 말들이 공중으로 흩어지지만
창문을 열고 나가지 못하지
창 안쪽으로 몰려드는 파르르한 빛이
어둠을 향해 꼬리를 흔들 때
거대한 짐승이 벗어놓은 껍질 같은
어두운 허공으로 뛰어가지 못하지
그건 찾는 이 없는
이 방에 사는 말들의 운명
빛의 점을 따라 뛰쳐나가다
부서진 창에 다리가 잘리고 말지
창밖, 작은 마당에 수북이 쌓인 말들의 시체
보고 싶었니, 말이 말을 낳고 또 말을 낳아
내 입속에서 터질 듯 웅얼거리는
말의 망령들이 떠도는 이 지하방을?

그녀들

술집 앞
얼굴이 노란 그녀들이
서성인다
어디 갔나 여름 내내 회오리치던 지느러미들
누가 훑고 입속에 넣어갔나

버려진 어미와 새끼처럼
서로의 딱정이를 빨아먹던
그녀들
네온 간판에 이마를 대고 있다

여긴 사막의 가시만 수북해
골목의 뱃속에 불을 켜줘
말랑말랑한 물고기 찾아줘

고양이들이 골목의 내장을 파고 있다
까맣게 썩은 발톱이 뚝뚝 끊어진다

반점 돋은 혀가 휩쓸고 지나간
어두운 내장에 물이 괸다
그녀들
지나가는 사내의 팔뚝에 발톱을 박는다

아이는 정글짐을 탄다

기침하는 사람들의 얼굴은 모두 까맣다 빛이 가득한 창문에 할머니의 손이 붙어 있다 일그러진 그림자 할머니가 창문을 연다 빛을 통과하는 주름은 흔적도 없이 녹으리라 놀이터에는 기침하는 아이의 어둠 빛은 만족감을 위해 어둠을 그리워하므로 사람들은 때때로 모퉁이에서 어둠을 거래한다 하굣길에 돌을 던지던 옆 반 아이들의 푸른 팔뚝 단 한 번도 웃지 않고 아이는 정글짐을 탄다 팔꿈치가 정글짐에 걸리고 백발의 옆 반 아이들은 눈이 먼다 빛이 스치는 길목마다 화상 입은 두더지들 끙끙거린다 어둠이 부족한 이 혹성에서 옆 반 아이들은 웃는 일을 멈출 수 없다 쭈글쭈글한 입속 최초의 어둠은 배고픈 이빨 안에 숨겨져 있네 하얀 핏줄이 툭툭 불거지는 긴 나뭇가지가 투명한 지붕을 긁을 때 손만 남은 할머니 모퉁이로 굴러간다 마지막 거래는 흔적도 없이 빛에게 접수된다 그것은 그냥 기침하던 아이가 신당동 어느 혹성에서 이탈한 이야기 이빨 안에 숨겨둔 탐스럽고 맛있는 어둠의 이야기였네

2부

고궁에서 본 뱀

바람이 불고 사람들의 발바닥은 부풀었습니다. 나는 단청에서 쏟아지는 푸르스름한 빛의 꼬리를 따라 걸었습니다. 고궁의 비틀린 문짝에서 가늘게 숨결을 내뿜는 꽃살 무늬. 오래전 누군가 청동빛 그림자를 남겨둔 문틈에는 작은 소용돌이가 어두운 구멍을 만들고 있었습니다. 숨죽인 채 구멍을 훔쳐보며 서성이던 나는 그곳에 숨겨져 있는 내부의 궁 안으로 휩쓸려갔습니다. 어떤 분노가 스치고 간 듯 처참한 칼집이 새겨진 전리품, 떠나지 못하고 나무기둥 속에 갇힌 죽은 자의 얼굴들, 옹이마다 뜨겁게 맺힌 응혈들, 오래된 전언들…… 나는 조심스럽게 궁 안을 가로지릅니다. 어느덧 내 발자국이 지나친, 깊은 흉터로 남은 사물에 희미한 빛이 고여들기 시작했습니다. 구멍 밖으로 사라지는 햇살을 끌어당기며 서서히 호흡을 하는, 어둠 속을 떠다니는 발 없는 영혼들. 상형문자를 해독하듯 이상한 힘을 읽고 있던 내 몸속으로 서늘한 입김이 들어왔습니다. 뼈마디를 타고 흐르는 차가운 공기. 살갗을 뚫고 순식간에 푸른 비늘이 솟아올랐습니다. 나는 바닥에 배를 대고 천천히 움직입니다. 참았던 한숨이 푸르르, 쏟아져나와 고궁의 공기 속으로 흩어집니다. 아무도 읽지 못한 비밀처럼 붉은 혀가 똘똘 말려 있는 저녁이었습니다.

네게 향유를

항아리를 빚는 여인이 흙벽에 떠 있었지
얼굴이 지워진 그녀는
벽의 문을 열고 들어올
누군가를 기다렸지
하얗게 뼛가루가 녹아내리는
적도의 오후
바싹 마른 팔을 내밀어
여인은 문밖을 문질러보았지
이 벽에서 저 벽으로 갈 수만 있다면
어린 방문객이라도 들어와
냄새나는 벽의 입을 빠져나갈 수만 있다면

나는 얼굴을 대고
벽화를 들여다보았지
입 없는 여인의 웃음이
붉은 얼굴 속으로 스며들었지
기름이 가득 담긴 항아리를
여인은 공중으로 쏟아붓고 있었지
기름에 둥둥 떠내려온
쭈글쭈글한 내 얼굴
고약한 냄새가
신전 가득 퍼지고 있었지
나는 여인의 눈 속에 비치는
한 노파를 보았지

벽화 안쪽 길게 찢어진
향유에 젖어 번들거리는 내 입을 보았지

매를 파는 노파

지하철역 입구
노파가 매를 팔고 있다

어두운 거리를 가로질러
사람들이 맨손으로 사라진다

노파는 보퉁이 속에서 파닥거리는
매의 날개를 만진다

오래전에 떠난
매는 사냥에서 돌아오지 않고 있다
횃대에 앉아 말라가고 있다
살을 태우고 있다

사냥하기엔 너무 늙어서
도시의 밤은 땀을 흘린다

풀어놓은 보퉁이를 끌어안고
노파가 벽에 붙어 헐떡거린다
가로등이 달아오른다

공중을 부유하는 늙은 매

노파가 가로등에 앉아 말라가고 있다

살을 태우고 있다

푸른 눈

나는 〈푸른 눈〉을 목에 걸고 있었다 모스크 앞마당에 까마귀가 머리를 박고 있었다 푸른 눈을 목에 걸고 노인이 기도를 하고 있었다 바닥에 갈라진 입술을 댔다 자, 행운을 건져봐 푸른 눈이 속삭였다 노인의 등에서 나지막한 울음이 흘러나왔다 구부러진 부리가 딱딱거렸다

일생 동안 대기를 가득 메운 기도들이 꼬물거렸다 사원에 사는 노인은 신이 되어가고 있었다 기도는 매일매일 천장에서 새로운 행성을 만들어냈다 바닥에 쿵쿵 머리를 박을수록 행성은 자꾸 팽창했다 두꺼운 혀처럼 침을 흘렸다 노인의 몸은 점점 가벼워졌다 까마귀가 날았다

사원에 바람이 불 때마다 노인의 비명이 떨어졌다 너무 많은 기도가 넘쳐나는 행성은 이제 썩은 내장을 토해냈다 천장으로 핏자국이 배어들었다 까마귀가 날았다 당신은 이제 더이상 할일이 없어 푸른 눈이 속삭였다 카펫 위를 굴러다니는 잘린 혓바닥들을 노인은 부리로 쪼기 시작했다

나는 더러운 사원을 가로질러가고 있었다 사원 너머에는 하늘로 뻗은 건물들이 가득했다 나는 천천히 광화문 지하도를 건넜다 늙은 청소부가 엎드린 채 바닥에 붙은 껌을 떼어내고 있었다 내 귓불을 물고 푸른 눈이 더운 입김으로 속삭였다 자, 행운을 건져봐 나는 어느새 머리를 땅에 박고 있었다 툭 튀어나온 부리로 껌딱지를 쪼고 있었다 지하도 안, 신이 되지 못한 노인들이 신문지를 덮고 기도를 하고 있었다

낙타의 무덤

어둠을 뚫고 지친 낙타 한 마리가 공원으로 들어온다
낙타의 그림자에 떠밀려 공원 출입구가 사라진다
나는 출입구를 찾아 낙타의 몸속을 걷는다
해안에서 떠내려온 희미한 빛을 좇아
평생 사막의 사각지대에서 뱅뱅 도는
낙타의 등으로 모래가 쌓인다
땅 밑에서 솟구치는 회오리에도 무덤은 안전하다
낙타는 내 몸의 물을 힘껏 빨아들인다
나는 모래 무덤을 파헤쳐 누군가의 그림자를 끄집어
낸다
소금과 실크를 싣고 먼 땅으로 떠났던 사람들의
두꺼운 한숨이 터져나온다
봉분을 뚫고 내 몸을 자르고 사막의 신기루 속으로 사
라진다
저녁의 눅눅한 공기를 먹고 낙타는 등을 흔들어본다
갇혀 있던 시간이 빠져나간 듯 가벼워진 자신을
낙타는 참을 수 없다
오랜 노역 끝 돋아날 날개를 위해 저장했던
죽은 자들의 한숨이 마지막 깃털을 떨구고 떠난다
나는 조용히 쪼그라든 살갗에서 빠져나와
낙타의 몸속에 편안하게 눕는다
공원 벤치에서 잠자던 노인들이
꾸물꾸물 내 몸으로 들어온다

그 여자의 단두대

땅속에 반쯤 묻힌
그 집 창문에
여자의 목이 걸려 있어

간판 네온빛에 물든
붉은 목
낡은 창틀 위에
둥둥 떠서 이리저리

그 집 앞 지나갈 때마다
나는 이따금 여자의 목을
지그시 밟곤 했어

여자는 비명도 없이
하얗게 센 머리칼을 만지네
지상의 골목이 뻗어 있는
사내들의 희미한 발자국 따라
한생을 흐르는
여자의 집

밤이 새도록
여자의 낡은 단두대에는
새 목을 내놓는 자가 없어

바람 속,
창틀만 오랫동안 날을 세우고
얼어붙은 지상의 발자국마다
여자의 잘린 목이 담겨 있어

이 땅에서는 모두 얼굴이 없다

모자를 쓴 여자가 벤치에 앉아
팔뚝에 곪은 살갗을 뜯어낸다.
모자의 챙 밑에서
썩은 나뭇잎처럼 떨어지는 살비듬
까맣게 죽은 살들을 뱉어내며 바람이 분다.
수만 개의 푸른 동공이 허공으로 밀려간다.
모자는 고개를 들고 하늘에 둥둥 떠다니는 제 눈을 본다.
천천히 몸을 비트는 뱀처럼 달이 사라진다.
늙은 모자가 어둠의 폐 속으로 빨려든다.

뻗어나간 어둠이 어디에 닿을지 알 수 없는,
이 이상한 땅에서는 모두 얼굴이 없다.
모자들만 푸르른 어둠의 폐 속에서
웅크린 채 몸에 구멍을 뚫고 있다.
밤이 깊어갈수록
모자들은 점점 빠르게 늙은 살가죽을 벗고,
제 동공을 찾아 하늘로 떠오른다.
출구 없는,
섬 같은,

공원에 누워 한 여자가 잠이 든다.
눈먼 새들이 떨어진 살비듬을 쪼아먹고 있다.

장마

비 맞은 고양이가 창틀 위에
포도알 같은 눈동자를 떨어뜨린다
눈 없는 얼굴을 앞발로 비빈다
가만히 누워 나는 천장을 바라본다
물먹은 벽지 사이로 젖은 포도잎이 떠내려간다
양수에서 헤엄치는 태아처럼
나는 어느새
탯줄을 달고 방바닥을 헤집고 있다
거리의 먼지와 담벼락의 오줌 줄기로 범벅된

점점 낮아지는 천장을 떠나
창밖으로 휩쓸려가는 포도 잎을 본다
무늬를 잃고 벽지는 쪼그라든다
일그러진 푸른 열매를 제 눈에 박고
고양이가 어둠 속으로 사라진다
밑동만 남은 포도나무
방바닥에 뿌리를 내린다
방안의 오물을 먹고 탯줄은 탱탱해진다
이 탯줄을 잘라낼 이빨이 없다
뿌리가 둥둥 떠다니는 바닥
터진 포도알이 떨어져 있다

재미있는 놀이

새 한 마리가
부서진 미끄럼틀 위에서
깃을 고르고 있습니다.
떨어지는 깃털을 바라보다 아이는
작은 배가 미끄러지듯
발이 접질린 채 휘청거립니다.
팽팽한 돛처럼 휘어지는 아이의 그림자가
저녁해의 붉은 물살에 떠밀릴 때,

골목 끝에서 질주해온, 아이의 동공을 뚫고 놀이터 밖으로 사라지는 자전거 깃을 고르던 새가 공중으로 솟구쳐올랐습니다 참혹하게 뚫린 구름 속으로 새가 빨려들어갔습니다 아이는 난파한 배처럼 모래에 거꾸로 박혀 무섭도록 적막한 하늘에 두 발을 내지릅니다 바큇살이 파헤친 살점 사이 흔들리는 아이의 두 눈 모래 바닥을 새빨갛게 물들이며 이리저리 뒹구는 눈

놀이터에 눈알을 묻어두고
아이는 응급실로 향합니다.
새의 무덤은 구름 속에 있습니다.
그제야 자유로워진 눈알이
가만히 그 속을 들여다봅니다.
재미있는 놀이가 놀이터에 있습니다.
아이는 동글동글

녹슨 미끄럼틀을 타고 미끄러집니다.

사진

무너진 사원에 앉아
소녀는 때 전 발을 까딱거린다
얼른 찍어가세요
곧 해가 질 거예요
찢어진 치마 사이로
발가락이 까딱까딱
나는 렌즈 속으로 소녀를 밀어넣는다
사원의 진흙을 부둥켜안고 소녀는
프레임에 갇힌다
해가 지기 전에 데려가줘요

찰칵찰칵
수많은 렌즈가 소녀를 밀어넣는다
수많은 소녀가 사원으로 몰려온다
수만 개의 발가락이 까딱거린다

도시로 들어가는 막차를 탄다
중년 사내의 무릎 위에 앉은 한 소녀가
엉덩이를 비비며 발을 까딱거리고 있다
소녀의 눈에 박힌 오래된 진흙
치마 속으로 사내의 팔이 까딱까딱
나는 렌즈 속으로 소녀를 밀어넣는다
진흙에 뭉개진 발가락이 프레임 밖으로 떨어진다
정류장 가로등 밑,

내 왼발이 푸르게 부어오른다

집으로 가는 길

모두가 떠나고
폐차들이 잠든
고물상을 지나치는 길에는요
그 끝을 잘 봐야 하는데요
날 선 부속품과 부속품 사이
밤이면 열리기 시작하는
블랙홀의 입구를 잘 피해서 가야 하는데요
달빛에 깊숙이 찔려
쥐도 새도 모르게 살해당한
어느 종족의 그림자를 밟을지도 모르는데요
하루종일
그들의 모든 길을 훔쳐오느라
과부하에 걸린 굉음의 흔적이
얼마나 따끈따끈한지
귀를 대보면 알 수 있는데요
폐차 밑바닥에 붙어 있던
붉은 난쟁이들 떼굴떼굴 굴러나와
해머로 내리치는 공중의 틈을
재빨리 피해 가야 한다는 것을 아는데요
왜 이리도 발걸음은 더디고
등에는 식은땀이 흐르는지요
점점 작아지는 내 그림자
번뜩이는 달빛
야근을 마치고 종점 고물상

그 거대한 카타콤에서
모든 길을 꾸역꾸역 삼키고 있었는데요
온몸에 바람을 맞으며 나는
털 많은 붉은 종족처럼 구르고 있었는데요

집 앞의 나무를 잘라낸 사내

달빛 때문인가, 목이 잘린 나무
허물 벗는 달의 꼬리를 따라
이층 창에 비친 사내의 발에
스윽 자신의 목을 문질러본다

나무는 제 속에 담긴 불로 어둠을 사냥했었다
붉은빛의 구멍이 빨아들인 깊은 밤들은 이제
잘린 목 위에 촘촘하고 까만 딱정이로 남았다

언제나 사내는
창문에 비친 자신을 바라본다

가지는 사내의 얼굴을 뚫고 하늘로 뻗어올랐다
허공에 매달린 가지의 그물에 걸려
창문 속 사내는 헐떡거렸다
달이 흘리고 간 얇은 허물처럼
시퍼런 잎들이 공중에서 뒹굴었다

집 앞의 나무를 잘라내고

불 꺼진 방안에 갇혀 제 얼굴을 찾던 사내는
발을 뗄 수가 없다
발바닥에 조용히 스며드는 검은 딱정이들
사냥할 밤을 찾아 지문을 맴도는 동안

자꾸만 방바닥에 발을 문지르는 사내

거미줄

전선에 걸린 저 발은 슬프다. 공중에 들린 발바닥 푸른 심줄들이 길게 뻗은 곳에 수많은 지붕이 어깨를 파묻고 있다. 미처 걷지 못한 빨래 속 거꾸로 매달린 늙은 새가 꽁지를 떤다. 이 창 너머 한 발만 뻗으면, 발바닥을 건져 올 수 있다. 부서진 창틀에 혀를 대고 푸른 불꽃을 내뱉는 전선에 나는 눈이 먼다.

밤이 새도록 공중을 파내는 삽질 소리 들린다. 골목의 소년들이 귀가하는 아버지의 몸에 타액을 뱉는다. 체액으로 녹인 아버지를 빨아먹으며 소년들이 희죽 웃는다. 여덟 개의 다리가 걷어찬 껍질이 전선에 걸려 있다. 가등빛에 그을린 외눈박이 소년이 푸른 전선을 내 방으로 던진다. 이 창 너머 한 발만 뻗으면, 텅 빈 저 껍질을 건져올 수 있다. 골목에 남은 마지막 비명에 나는 귀가 먼다.

전선에 다닥다닥 걸린 공중의 부위들은 아프다. 빽빽하게 솟은 지붕들이 몸을 버린다. 아버지들은 더이상 귀가하지 않고 새들은 골목을 떠난다. 푸르게 타오른 발바닥이 내 방에 툭 떨어진다. 나는 어두운 껍질을 뒤집어쓴다. 이 창 너머 한 발만 뻗으면, 지붕마다 걸쳐 있는 거대한 거미줄을 걷어낼 수 있다. 밤이 새도록 전선이 탄다. 체액을 뱉으며 나는 지붕을 건너간다.

일식(日蝕)

건물의 지붕 위로 일몰의 공기가 힘없이 내려앉는다. 물탱크 옆, 만삭의 고양이가 더운 숨을 몰아쉰다. 축축한 혀를 움직여 열대의 밤을 숨긴 듯 부푼 배를 천천히 핥는다. 사막의 먼지가 피어오르는 머리가 날아간 지붕. 검은 타르칠의 기억을 품고 찾아온 달빛이 고양이의 뱃속으로 스며든다. 붉은 하늘을 지우며 울려퍼지는 아득한 내륙의 울음. 금간 유리창이 흔들린다.

건물 가로등 밑, 커다란 사내가 드릴을 들고 도로의 어둠을 파헤치고 있다. 나무 밑동에서 일그러지는 그림자. 사내는 손을 길게 뻗어 죽은 나뭇가지를 부러뜨린다. 도로의 구멍 속에서 오랜 장마 끝의 지렁이처럼 갇혀 있던 밤이 흘러나온다. 사내의 몸안에 차곡차곡 금속의 비명이 쌓인다. 썩은 나이테가 얽힌 얼굴을 매만지다 나무에 기대어 담배를 무는 사내. 자신의 묘지를 떠멘 그의 등이 굽는다.

아랫도리가 찢긴 어미 고양이의 신음 소리. 피 냄새가 열대의 도시를 배회한다. 번뜩이는 푸른 동공 갓 태어난 새끼 고양이들이 피에 젖은 털을 세우며 사막의 신기루 속으로 사라진다. 지붕 너머 늙은 태양을 토해낸 달이 먼 내륙으로 건너간다.

오후의 풍경

여자가 화단에 쭈그리고 앉아
꽃받침을 떼어내자
흰 벌레들이 우르르 쏟아졌다
부드러운 꽃의 엉덩이에
붉은 구멍 하나 뚫려 있었다
그 구멍에서 벌레들이 줄줄이 새끼를 깠나
희고 단단한 알을
꽃의 살이 감싸고 있었나

허리 굽은 여자가 화단에 물을 뿌린다. 휘청거리는 그 걸음이 불안한 오후, 숭숭 뚫린 붉은 구멍으로 물방울이 튕겨오른다. 여자는 둥근 허리를 끌고 자꾸만 꽃을 밟는다. 뒤엉킨 다리 마른 발목을 휘감는 꽃잎들이 찢어진다. 여자의 몸속으로 물이 점점 차오른다. 멍든 꽃잎들이 긴 구멍에서 회오리친다. 산발적인 비명을 터뜨리며 입속에서 꽃들이 튀어나온다. 붉은 위액이 주르륵 떨어진다.

여자는 희고 단단한 알을 품고
천천히 의자에 앉는다
몸을 둥글게 말고
불룩한 구멍을 쓰다듬는다
줄줄이 새끼를 까야지
얼굴을 일그러뜨리며 희번득, 웃는다
까맣게 썩은 태양이 침을 흘리며 골목 밖으로 사라진다

골목에서 축제를

뼈만 남은 집들이 증발하고 있다. 마른풀이 공중으로 목을 뻗는다. 가느다란 뿌리가 흔들린다. 태양에 엉긴 노인들이 먼지 속에 쭈그리고 앉는다.

집으로 가는 길, 평화교회의 창문이 뚫려 있다. 천장에서 신의 눈알이 번뜩인다.

무너진 교회 벽으로 검은 염소 한 마리가 뛰어간다. 키 작은 나무들이 서서히 늙은 껍질을 떨군다. 신의 눈알이 벽을 향한다. 낮은 담을 뛰어넘는 염소의 다리가 뚝 부러진다.

쭈그리고 있던 노인들이 복덕방 툇마루로 모여든다. 노인들의 그림자에 숨어 나는 마른침을 삼킨다. 절룩이는 다리를 끌어당겨 주저앉는다. 목이 빽빽하다. 신의 눈알이 내 눈 속으로 들어온다. 살갗을 뚫고 혈관이 광채에 불타오른다. 제단에 뿌려질 성수는 다 마련되었다.

나는 가벼워진 뼈.

목마른 노인들이 검게 탄 손목을 잡는다. 백발이 성성한 축제의 행렬이 골목을 에워싼다. 거대한 흉가 사이로 다리 잘린 내 그림자가 뭉개져 있다.

3부

소녀와 달

한밤중, 철봉에 거꾸로 매달려, 흔들리는 소녀, 엄마, 내 등에서 자라는 이 뼈는 뭐야, 밤의 흰 뼈, 살갗을 뚫고 솟아오르는, 이 뼈가 길게 아주 길게, 사다리처럼 공중으로 치솟고 있어, 뜨거운 바람이 훑고 지나갈 때마다, 눈먼 새들이 잠시 앉았다 갈 때마다, 수상한 공기가 들락거릴 때마다, 아파, 너무 아파, 나를 철봉에서 내려줘, 내려서 이 뼈를 톱으로 잘라줘, 밤마다 조금씩 두꺼워지는, 이것, 흰빛이 더욱 희어지는 이것, 창백한, 뼈의 무덤이 되기 전에, 잘라줘, 빨리 잘라줘, 내 몸속의 검은 뼈들이 달그락거리는데, 마디마디 연골의 진액이 말라가는데, 내 등을 숙주로 삼은 이것, 빛의 알갱이들이 점점이 쌓여 무덤이 갈라지기 전에, 여기저기 썩은 분화구가 늘어가기 전에, 이 뼈가 텅 빈 내 몸을 끌고 태양의 등으로 사라지기 전에, 나를 철봉에서 내려줘, 톱으로 잘라줘, 엄마, 소녀의 등에 꽂힌 초승달, 얇은 뼈가 자라 둥글고 환한 뼈의 행성이 되는데, 철봉에 거꾸로 매달려 소녀가 달 속으로 사라지는데, 달이 먹어치운, 소녀들이 흘리고 간 검은 뼈들이 밤이면 하늘에 빽빽하다는데,

내 몸을 빌려줄게

담장에 박힌 종양들,
여자가 담장 위에 걸터앉아 넝쿨을 솎아 벤다. 잘 벼려진 가윗날이 잎사귀를 똑똑, 끊어낸다. 적막한 허공에 흩어지는 흰 머리칼. 바닥에 푸른 종양들이 떨어진다

그녀의 가랑이가 줄줄이 뽑아올린 담쟁이넝쿨, 문 닫힌 골목 사이사이 꿈결인 듯 기어올랐지 밤이면 그녀가 뱉어낸 달빛을 먹고 잠든 담장의 몸속으로 파고들었지 배를 대고 쓰윽 기어다녔지 지나간 자리마다 파편처럼 초승달이 새겨져 있었지 아무도 깨어나지 않는 어지러운 골목, 문을 열고 내 몸을 찔러넣었지 네 몸을 휘감고서 조여보았지
내 몸을 빌려줄게 어린애처럼 뒹굴며 놀고 갈 수 있게 한 시절 장난치다 갈 수 있게 누구든 빌려줄게
머리칼을 풀어헤친 얼굴들이 안으로 들어가지 무엇인지 모르지 담장 안인지 밖인지 네 몸인지 내 몸인지

한낮에 담쟁이넝쿨을 잘라내는 늙은 여자
밤이면 등에 돋은 종양이 가렵다

108번째 사내

사내의 꼬리가 사라진다 골목 끝에서 불어오는 모래바람 이 여관 4층 창문에는 가느다란 빗금이 그어져 있다 어딘가로 사라진 꼬리를 찾느라 길게 늘어난 사내의 팔 어지러운 모래를 헤치며 빗금에 가닿는다 창문 속 잘게 찢어진 살을 만지며 전율하는 사내 네 몸을 몇 번이나 넘어야 찾을 수 있니 초원으로 가는 마지막 부장품 난 집으로 가야 해 울먹이는 사내의 팔이 씀벅씀벅한 모래 무덤들을 헤집는다 창문처럼 납작해진 여자가 등을 돌리고 쿨럭거린다 4층은 너무 높아요 이곳을 거쳐간 사내들의 꼬리는 모두 녹아버렸어요 그들은 모두 집을 잃고 이 방으로 숨어들어요 모두 이곳에 번뇌를 두고 사라져요 빗금이 가득한 여자의 얼굴이 허공에 둥둥 떠서 방안을 들여다본다 108번째 사내는 창문 속으로 손을 넣는다 골목을 떠돌던 바람이 여자의 길게 휜 척추를 쓸어내며 전생을 부른다 먼 곳에서 사막의 회오리가 서서히 여관으로 몰려온다 사내의 모래 눈물이 낡은 벽을 타고 3층으로, 2층으로, 천천히 떨어진다 창문에서 비릿한 피 냄새가 퍼진다 사내의 마지막 꼬리가 108번째 빗금을 긋는다 네 등을 넘을 거야 헐떡이는 숨소리를 내뱉으며 사내가 여자의 뜨거운 척추를 남겨둔다 108번째 사내

나쁜 피

화면을 켜면
내 속으로 들어오는 새로운 피
고압전류에 휩싸인 그가
긴 담벼락을 질주하네
몸속 계단을 성큼성큼 뛰어내려가네
컬러 바 전자 기호가 우르르 쏟아지네
나는 깊은 곳에 그를 수혈하네 화면을 켜면

너는 고아다
너를 키운 것은 기호였다 그리운 것들은 모두 터질 것 같은 전선의 미로 속으로 흘러들었다 뜨거운 전선줄이 아버지의 목을 동여맸다 너는 기호의 아버지를 만났다 투명한 꽃잎을 본 것도 기호의 해독 코드가 가동되면서부터였다 흐릿한 빛으로 사라진 아버지를 화면 밖에 파묻고 너는 새로운 플러그를 꽂았다 너는 고아였고 네 몸은 나쁜 피로 가득차올랐다 점점 네 머리를 덮히는 아름다운 피

그와 뒤엉켜 이제 나는 밑으로 가라앉네
그가 더듬을 때마다 축축하게 젖어오는 자궁의 일련번호들
방안 가득 넘실대는 새로운 종족의 사생아들
나는 황홀한 피 속에 잠기네

환풍기

히잡을 쓰고 흑인 소녀 뻘뻘 땀 흘리며 양고기 뜯는 그 소녀 얼룩진 벽지마다 줄줄 흐르는 태양의 침 자국 식당 의자를 삼키는 뜨거운 입들 환풍기가 돌아가요 팬 사이에 낀 양털들 황금빛 가루들 정신없는 윙윙거림 고개를 처박고 양고기를 뜯을 때마다 소녀는 히잡을 찢고 싶은데요 머리통 위로 자꾸만 불꽃이 터지는데요 온몸을 더듬는 태양의 손길을 뿌리치고 싶은데요

눈부시도록 하얀 손바닥이 거리에 깔려 있어요 두꺼운 입술이 통통 창밖으로 튕겨나가는데요 새빨간 혀가 떨어져요 이들 모두 거리의 사생아예요

히잡을 고쳐 쓰고 입 없는 소녀가 창밖으로 나가네요 돌아서는 뒷목으로 번지는 황금빛 눈물 내 속의 공포는 그것이에요 태양의 입김에 달아오른 빙빙 밤마다 흑인 소녀를 낳는 낡은 환풍기 쉬지 않고 털털거리며 날카롭게 몸속을 헤집는 까만 성기들 말이에요 태양의 알을 밴 거대한 자궁 말이에요 내 뱃속이 싸르르하게 처음 가본 식당에서 신음 소리를 내는 거 말이에요 양고기를 씹으며 순결을 바쳐야만 하는 그 식당 말이에요

화장(火葬)

여인이 강가에 앉아 탯줄을 태우고 있습니다
아이의 목을 휘감던 탯줄을 잘라내고
하얗게 질린 아이의 영혼을 먼 땅으로 보내기 위해
여인은 바구니를 띄웁니다
두 손을 모으고 폭염에 달아오른 별을 빨아들이다
툭툭, 붉은 물집이 터지는 여인의 뒷목
알 수 없는 주문이 물살에 떠밀리며 휘청거립니다
타오르던 연기가 올라가 박힌 뜨거운 별들,
까맣게 물들어가는 하늘의 흉터들,
여인이 불러낸 주문은 흉터 속에 봉인된 채 함께 썩어
갑니다
어디론가 떠밀려간 바구니의 목을 휘감고
두꺼운 꼬리를 탁탁 내리치는 거친 물살,
온몸이 점점 녹아가는 여인은
불구덩이를 끊임없이 쑤셔댑니다
얼굴 없는 아이가 불길 속에서 웃고 있습니다

어디선가 걸어온 지친 소가
강물에 머리를 담그고 자갈을 밀어내고 있습니다
열에 들뜬 콧김이 강바닥을 헤집으며
흙기둥에 숨은 물고기를 천천히 달굽니다
소는 오랫동안 머리를 흔들며 흙탕물을 휘젓습니다
불쑥 솟아오른 봉분 위로 검은 별들이 쏟아져내립니다
갑자기 불에 덴 듯 충혈된 눈으로 허공을 들이받는 소,

번뜩이는 뿔에서 퍼져나온, 어둠 속에서 분해된,
빛의 마지막 파장
늙은 소 한 마리가
하늘의 입속으로 사라집니다
참수된 머리 하나가 뚝, 떨어집니다

붉은 흙탕물이 휩쓸고 간 그 강의 기억을
이제는 아무도 알지 못합니다

달

1

강물에
단 하나 남겨진 너의 눈
불룩한 배를 흔들며
늙은 염소가 운다

이 땅의 모든 이름이 허기였던
텅 빈 배를 먼저 삼킨
열대의 밤이 탄다
염소가 끝내 토해놓은
허기의 축축한 떨림
너의 눈

2

죽은 아이를 건진다
암실의 시계는 멎어 있다
인화지를 흔드는 내 손바닥을 따라
어두운 강물이 내륙의 끝으로 흘러간다
짐승의 뼈를 먹고 잠든 아이
흐릿한 인화지 위로
구더기에 싸인 눈알이 제일 먼저 떠오른다

암실에 아이의 눈이 가득하다
내가 찍어온 단 하나의 아프리카

몸속에 밥그릇 하나 갖지 못한
내가 건진 건 너의 눈
새하얀 열대의 달이 천장에 붙어 있다

네크로폴리스* 축구단

죽은 자들의 집에 당신의 아이가 살고 있어요 햇빛 따뜻한 날이면 해골을 굴려 마당에서 맨발로 공을 차는데요 거대한 골조만 남은, 무너진 횡격막 속으로 열대의 바람이 넘나드는, 당신, 당신은 아이를 낳았지요 밤마다 달빛이 파고드는 그곳에서 당신은 오랫동안 임신을 했어요 지붕이 없는 집 수천 년이 흘러도 사라지지 않는 임신 중독증

아이들은 당신의 자궁 속에서부터 골조물을 갉아먹고 살았지요 앙상하게 드러난 당신의 내장을 아삭아삭 씹어 삼켰지요 너무 많은 아이가 태어나 공장으로 팔려가고 당신은 더이상 먹이를 줄 수 없었지요 나는 알아요 아이들의 소원은 당신이 사라지는 것 사막의 입이 태아를 삼켜버리는 것 알싸한 햇빛 속에서 공이나 차며 자라지 않는 것 아이들은 우리가 버스를 타고 당신 옆을 지나갈 때마다 새로 자라는 다리뼈를 끊어냈거든요 우리를 향해 던진 그것들이 이따금 당신 뱃속에 박히곤 했거든요

마당에 널린 끈적끈적한 뼈의 무덤을 밟고 올라서면 아이들이 있어요 커다란 눈알이 인광처럼 번뜩이는 배고픈 아이들이 당신을 뜯어먹고 있지요 공장 창고에서 아이들이 만든 단단한 해골들이 트럭에 실려 사라질 때, 우리는 보았어요 네크로폴리스 당신이 낳은 아이들 부서진 다리로 해골을 툭툭 차는 어린

* 그리스어로 죽은 자들의 도시.

이제 아이들은 학교에 가지 않고

아이들이 먹는 것은 날개의 파편이었다 차가운 총구를 핥는 입술 사이로 새까만 총알이 줄줄 쏟아졌다 불룩한 배를 쓰다듬으며 펭귄처럼 뒤뚱거리는 아이들 이 새는 왜 이렇게 딱딱한 거야 뒤통수까지 길게 찢어진 입으로 아이들이 중얼거렸다 현명한 사제도 예언하지 않았던 새로운 종족들이 바다를 건너왔다 시퍼런 죽창도 승리의 깃털도 없이 자욱한 연기가 골목마다 피어올랐다

이제 아이들은 학교에 가지 않고 날아가버린 머리통을 매일매일 찾으러 다녔다 사제의 예언은 하나도 맞지 않아 내 머리통이 어디에 있는지도 모르잖아 기름을 뒤집어쓴 긴 목 아이가 투덜거렸다 날개 잘린 새가 쿨럭거리며 뜨거운 불꽃을 쏟아냈다 아이의 피 같은 선홍빛 기름이 파편 위로 곱게 물들었다 어디선가 갑자기 몰려온 새로운 종족이 허겁지겁 기름을 핥았다 이 종족은 죽은 새를 먹는 모양이야 모래 바닥에 떨어져 물렁물렁해진 머리통을 쓰다듬으며 또다른 아이가 웃었다

현명한 사제는 어디론가 사라지고 어지러운 폭염이 계속되었다 아이들은 학교에 가지 않고 잘못 찾은 머리통을 목에 끼워넣고 있었다 키득키득거리면서 서로의 머리통을 주물럭거렸다 주인을 찾지 못한 머리통은 버려진 책가방 속에서 달그락거렸다 막 태어난 아이들은 싱싱하게 파닥거리는 새로운 날개를 꾸역꾸역 씹어먹었다

밀입국자

녹물이 흐르는 계단에서 햇빛이 솟아오른다
지느러미를 흔들며 뭉게구름이 공장 지붕을 통과하고
반투명의 창문처럼 그가 계단에 앉아 있다
죽은 날벌레들이 달라붙은 얼굴
내가 탄 지하철은 그의 목을 가르며 지나간다
그는 검다

블록마다 늘어선 공장 쪽문 계단에는
눈이 깊고 검은 남자들이 앉아 있다
지난밤, 무수하게 잘린 손가락이
공중에서 떨어진다
옛집의 기억을 더듬으며
계단 위로 기어가는 손가락
그들의 축축한 엉덩이를 만지작거린다
점심시간
잠깐의 몽상이 토막난 햇살 속에 떠돈다
그들의 내장이 새까맣게 타고 있다

공장의 기계음이 흘러들 때
나는 지하철 창에 얼굴을 대고 있었다
안양역 가는 길
개찰구 계단에서 짧은 손가락들이 꾸물거린다
검게 물든 내 얼굴을 더듬으며
손가락이 계단을 올라간다

뜨거운 공중에는 컨베이어 벨트가 돌아가고
블록마다 고여 있는 휴식은 불안하다
그들의 목이 썩어가고 있다

오피스걸

지붕과 지붕 사이 여자의 얼굴이 허공으로 쑤욱

바람의 동공이 난간에서 빙글빙글 돌아요

여자는 밤마다 사무실 의자에 앉아 딱딱한 어깨를 뜯어먹지요

하루종일 꺼지지 않는 형광등이 슙슙

여자의 휑한 내장을 핥고 있네요

이 사막을 건너 여자는

깨진 거울을 타고 알렉산드리아로 간 적이 있어요

모스크 지붕에서 내려다본 새까만 남자들은 둥글었구요

낙타를 부르기 위해 밀교의 주문 같은 아랍어를 중얼거렸죠

여자는 오랫동안 형광등 아래서 타이핑을 했어요

부글거리는 형광등의 알들로 여자의 배가 부풀고

마른 어깨에 이빨을 박는 밤은 끝나지 않아요

여자는 낙타처럼 등을 말고 창가에서 몸을 날리는데요

여자가 머리를 박은 하수구들은 모두 둥글어요

여자가 맞잡은 죽음은 왜 전부 둥글어지는지

지붕과 지붕 사이

퉁퉁 부은 얼굴이 거울처럼 부서지는 밤이에요

낮잠

섬의 동굴 속으로
죽은 자들이 들어가네요
한 명씩 차가운 돌 위에 누워
중얼중얼 주문을 외우고 있어요
어제의 시체들이 남기고 간 인광
온몸에 문지르고 있어요
한 번도 이 섬을 벗어나본 적 없는 사람들
물위에 뜬, 나무지붕에서 태어나
섬의 거대한 입속에서 잠든 사람들

창백한 창문에 인광이 붙어 있어요
둥그렇게 어깨를 말고 의자에 앉아
까무룩 졸음에 빠진 한낮의 사무실이
거대한 입속으로 둥둥 흘러가요
젖은 나뭇가지들이 창문을 긁고 있어요
껌처럼 붙어
창문을 떠나지 않는, 저 인광

담벼락, 장미넝쿨이 없는

방에 돌아와 불을 켭니다 K는 몇억 년 동안 걸어오느라 발바닥이 뭉개졌습니다 돌아오는 내내 허공에 뿌린 눈물 때문에 배가 고픈 K는 백열등 밑에서 천천히 어깨를 뜯어먹고 있습니다 오랫동안 내부를 파먹는 일은 아주 즐겁습니다 검은 뼈만 남아 덜그럭거리는 죽지 않는 이 생은 공장에서 방으로 돌아오는 길입니다 식사를 끝낸 각 방의 창마다 충혈된 눈동자가 붙어 있습니다 K는 어금니에 달라붙는 뼛가루를 혓바닥으로 핥아 삼킵니다 메마른 뼈들은 허공의 눈물과 만나 점점 속살로 차오를 것입니다 오늘밤도 K는 창에 붙은 눈동자를 떼어 주머니에 집어넣습니다 성으로 가는 길이 이 속에 담겨 있습니다 하루종일 염색통의 수많은 천을 주물렀던 손가락들이 공장 담벼락에 붙어 붉은 눈동자를 틔우는 것을 보았습니다 K의 손가락 끝, 화끈거리는 불씨 같은 눈동자 몇억 년의 겨울이 오고 공장의 염색통은 끊임없이 불꽃을 일으키며 돌아갑니다 K는 매일매일 염색천을 주무르며 담벼락을 기어오르는 데글데글한 눈동자들을 보고 있습니다 저 벽의 끝엔 성으로 가는 문이 있습니다 K는 방으로 돌아와 불을 켭니다 K는 배가 고프고 오늘도 검은 뼈를 먹고 창에 붙은 새빨간 눈빛을 떼어냅니다 저 담벼락에 피어 있는, 수많은 K는

터널을 지나며

사내가 차창에 기대어 몸을 떤다
의자 밖으로 꿈속까지 밀려나는 그를
겨우 받치고 바람을 밀어올리는 나뭇가지
버스 안의 침묵을 담금질하듯
쿵쿵, 창에 머리를 박는 그가
터널을 지나간다
가슴속의 붉은 전등을 켜고
어둠을 떠민다, 얕은 잠을 잔다

배꽃 핀 언덕 너머
불 켜진 방으로 그가 들어가네
어디선가
달빛을 긁어내며 쉰 소리로 고양이가 우네
터널 끝엔 그 방이 있네
긴 혓바닥을 내밀고 터널의 골조물을 핥는,
불빛 환한 방이 있네

이음새가 들썩이는 바닥으로
그의 잠이 떨어져 구른다
켜켜이 시간이 내려앉은, 피로한 잠
오래된 치통처럼 시큼하게 빛나는 반백

터널을 지나며 나는
창에 비친 흐릿한 사내를 손바닥에 올려본다

점점 작아지는 그가 깊게 고개를 숙이고
제 몸속의 방으로 들어간다

4부

그 건물 뒤로 가본 적이 있다

내 방 창밖에는 나무가 없다.
나이테처럼 거리의 소음을 꾹꾹 새겨둔
오래된 건물이 한낮의 열기를 식히며 서 있다.
나는 그 건물 뒤로 가본 적이 있다.
까맣게 썩은 잎들이 촘촘히 매달린 라일락 한 그루
건물에 기대 서 있었다.
한 노인이 그 밑에 앉아 쿨럭거리며
제 몸을 조금씩 나무 속으로 밀어넣고 있었다.
구멍에서 쏟아져나온
달 속을 파먹던 흰 벌레들이
노인의 머리 위로 떨어졌다.
움찔, 솟구쳤다 가라앉는
조금씩 노인을 빨아들이는 나무

사람을 먹고서
천상궁륭(天上穹窿)을 떠받치는 나무들,
그 오랜 소원들이 노인의 몸으로 스며든다.

나는 가지에서 잎사귀 하나를 꺾는다.
방으로 돌아와
푸르게 피어난 노인의 얼굴을
창턱에 올려놓는다.

겨울밤, 눈발

차창에 달려드는 눈발을 보아요 바람의 알들이에요 허공을 떠돌다 너무 오랫동안 부화된, 그 속에서 늙어버린 알들 차창에 비친 내가 보여요 알 속에 스민 붉은 눈 핏발 선 알 속의 눈알 수많은 내 눈알이 공중을 들어올리고 있어요 저건 백말떼야, 하늘에 오르려다 웅덩이에 빠진 니 할미야, 아직도 거꾸로 처박혀 머리 풀고 우는 내 어미야, 차창 밖을 향해 옹알이를 하는 어린 어머니 차는 미친 듯이 달렸구요 눈꺼풀을 열었다 닫으며 한 줌 회오리를 토해내는 알을 보았어요 야산 아래 홀로 남아 조심조심 밭을 갈던 어머니 너무 오래 씨앗을 심던 어머니 어두운 흙속 점점 풍화되던 어머니 뒷좌석에 둥글게 부푼 알처럼 앉아 바람을 가만가만 다스리는, 어머니 충혈된 눈알들이 홰를 치며 떠오르는 겨울밤, 차창에 달려드는 눈발을 보았어요 하얀 아기들을 보았어요

소년과 나무

소년이 나무를 더듬으며 껍질을 뜯어낸다
저녁 해가 하늘을 밀어올리며 마을 밖으로 사라질 때,
소년의 닫힌 눈 속에 감춰진 세계가 열리고 있다

등에 솟아오른 종기처럼 몸을 둥글게 말고
새는 구부러진 가지에 앉아 탈색된 나뭇잎을 쪼다
차가운 이슬이 소년의 이마를 두드리고 지나간다
은밀하고 두려운 축제 속에서 소년이 눈을 뜬다

나무의 뿌리를 휘감고 수천 년을 사는 뱀이
붉은 혀를 풀어 서서히 나무의 혼을 핥는다
모든 내부는 더이상 잎을 틔우지 못한다
나무를 떠메고 가고 싶은 새의 열망이
어두운 하늘의 흔적으로 남은 나무의 속살
긴 척추를 뒤틀며 낼름, 하늘을 훔치는
뱀의 몸통이 점점 부풀어오른다
나이테로 스며드는 비단 무늬
끈적이는 혓바닥 속에 맺힌 붉은 열매

소년이 상한 새를 끌어안고 천천히
썩어가는 나무 속으로 들어간다
가지에 엉겨붙은 비단 비늘이 날갯짓에 떠밀려간다
텅 빈 내부에 쪼그리고 앉아 입김을 내뿜는 소년,
그 눈 속에 선연히 떠오르는 나무

어떤 통증

지금도 담벼락을 만져보면
어떤 통증이 손끝을 스쳐가지

하루종일 거리를 떠다니던 아버지
밤이면 왜
아버지는 담에 기대어 담배를 피우다
자기 몸을 박아넣고 사라졌을까
붉은 벽돌에 파인 조그만 흔적들이
밤마다 흐린 빛을 뿜었지
나는 문 뒤에 숨어
어둠이 빨아들이는 연기를 보았지
차마 벽에 박힌
검은 재 같은 아버지의 뼈를
만져보지 못하고

타다 남은 달빛이
담에 기댄 아버지 등을 덥힐 때
자꾸만 덜컹거리는 문 뒤에서 나는
허공으로 솟구치다 떨어지고
골목 밖으로 흘러나가
한동안 옅은 잠을 자기도 했지

조금 더 자란 내가
벽에 대고 입김을 불어넣었을 때,

오래전에 죽은 초승달들이
빽빽이 박혀 있었지
무엇으로도 파낼 수 없는
달의 시체들을 보았지

아버지의 작업

늙은 자라의 등딱지에서
양식장의 흙을 뒤집던
아버지의 삽날이 쑥, 솟아올랐다.
솟구치는 자라의 붉은 피를
뒤집어쓰고

방안으로 들어와 등을 구부리고 앉은 아버지는
연못처럼 깊어졌다.
앉은 자리로
오랫동안 썩어 있던
검은 못물이 모이기 시작했다.
점점 척추가 휘어가는 아버지
충혈된 아버지의 눈알이
연못 속에 핏줄을 풀어놓고 있었다.

못을 메워라, 얼른!
마당에 쌓은 흙을 나르는 어머니의
야윈 등이 딱딱해졌다.
나는
장판을 뜯어내고 밑으로 가라앉는
죽은 자라를 보고 있었다.
핏발 선 거대한 눈동자 같은
연못 속으로 빨려드는,
등딱지 속에 몸을 숨긴,

아버지가 거품을 게워내고 있었다.

수장(水葬)

저수지에 부서진 문을 띄운다
아버지가 바지를 걷는다
수풀도 고요한 밤
저수지 바닥에 사는 자라들은 이따금
문짝 위로 올라와 머리를 내민다
언제나 문은 열려 있었지
일생을 네가 문인 줄 알고 살았다
아버지가 저수지로 들어간다
혀 잘린 개의 눈이 벌어져 있다
뭉툭한 달이 개 눈 속에서 빛나고
아버지는 바람처럼 물살을 헤친다
물속에 담긴 방
이번 생은 모두 젖어 있다
저수지 바깥으로 가기 위해 문을 띄운다
자라들이 서로의 생살을 뜯어먹고 있다
늙은 유성이 붉은 살점처럼 빛나는 밤
저수지의 물이 넘치고 있다

방갈로의 연인들

공중에 떠 있는 방갈로의 바닥이 흔들렸네 누군가 지난여름에 새겨놓은 칼자국, 길게 그어진 불길한 신음 물결에 떠밀리는 거품처럼 내 뱃속에서 부글거렸네 도시에 두고 오지 못한 너와 나의 방, 등을 돌린 너와 나의 방, 어긋난 방갈로 베니어합판이 밤새 삐걱거렸네 긴 출혈에 몸을 떨던 바다 머리맡에 펼쳐둔 지도를 들여다보면 수만 개의 창문을 건너 내 방을 떠나 네 방으로 가는 길 뒤척일 때마다 몸 한쪽으로 물이 열리는 길 좌표는 보이지 않았네 조금씩 떠내려가는 네 방과 내 방이 어떤 비명을 바다에 그어놓을지 포말 같은 모든 연인의 창이 부서지고 깨진 유릿조각이 지도 위에서 빛나고 있었네 무너진 방갈로를 떠돌다 울부짖는 방들, 파도가 게워놓은, 바다의 눈먼 태아들

여기, 공룡을 보아요

엄마, 백과사전에 새가 있어요 그건 익룡이야, 지금은 없는 동물이야 아니에요 퇴화된 날개를 들썩거려요 무거운 바람 소리 삭은 뼈들이 달그락거려요 부서진 발가락이 찍혀 있어요 사전 안은 너무 추워요 새의 얼굴에 텅 빈 백지가 붙어 있어요 엄마, 갇혀 있는 이 새를 어찌할까요

아이가 사전 속으로 들어간다

붉은 하늘에 몸을 섞는 너 네 몸은 아직도 뜨거워 수천 년의 피가 사무쳐 박제된 뼛속을 돌아다니지 대기의 음파가 흔들릴 때마다 점점이 박히는 반점, 떨려오는 날개, 충돌한 지층에서 퍼덕거리는, 빠져나갈 수 있다면, 남아 있는 이빨로 허공을 찢을 수 있다면

엄마, 만져보아요 화석에 갇힌 깃털이 축축해요 먹이를 쫓아 익룡이 땅 위를 질주하고요 긴 다리는 날개처럼 펄럭거려요 두꺼운 사전을 뚫고 솟구치는 이 큰 새를 보아요

엄마, 내 몸에 뜨거운 음파가 들어와 하얀 알을 까네요 꾸물꾸물 배가 아파요 솜털에 덮인 나는 익룡 알 모래사장에 묻혀 이제 겨우 숨을 쉬어요

사전을 덮는다 아이의 거대한 날개가 표지에 박혀 있다

바람을 건너가고 있었다

방죽으로 가는 길에 수많은 애기똥풀이 흔들렸다. 하얀 자갈들이 방죽 주변으로 길게 누워 있었다. 이 바람을 건너면, 방죽 안으로 갈 수 있어. 그는 느리고 졸린 뱀처럼 작은 개울을 건너 방죽 안으로 들어갔다. 나는 맨발을 봄날의 햇빛에 말렸다. 그는 애기똥풀을 뚝 부러뜨리고 노란 진액을 손톱에 발랐다. 어렸을 때, 여자애들은 애기똥풀로 이러고 놀았어. 방죽의 끝에는 얼굴이 노란 여자애들이 우리를 바라보고 있었다. 그는 천천히 주변에 널린 꽃의 목을 꺾어 방죽으로 던졌다. 꽃모가지들이 뚝뚝 진액을 흘렸다. 파문이 일었다. 해는 지고, 둥그런 물결들이 하늘로 올라갔다. 저 물에 들어가서 꽃의 목을 건져 와. 나는 맨발로 그를 건너갔다. 발 없는 여자애들이 방죽을 흘러다녔다. 노란 달이 천천히 수면 위로 떠올랐다. 바람을 건너가고 있었다.

문학동네포에지 019
108번째 사내

1판 1쇄 발행 2005년 5월 20일
2판 1쇄 발행 2021년 3월 30일

지은이—이영주
책임편집—유성원
편집—김민정 김필균 김동휘 송원경
표지 디자인—이기준 김이정
본문 디자인—유현아
마케팅—정민호 김도윤 최원석
홍보—김희숙 김상만 함유지 김현지 이소정 이미희 박지원
제작—강신은 김동욱 임현식
제작처—영신사

펴낸곳—(주)문학동네
펴낸이—염현숙
출판등록—1993년 10월 22일 제406-2003-000045호
주소—10881 경기도 파주시 회동길 210
전자우편—editor@munhak.com
대표전화—031-955-8888 / 팩스—031-955-8855
문의전화—031-955-3570(마케팅), 031-955-8865(편집)
문학동네카페—cafe.naver.com/mhdn
트위터—@munhakdongne
북클럽문학동네—bookclubmunhak.com

ISBN 978-89-546-7779-0 03810

www.munhak.com

문학동네